15 novembre 1865
Pont-Sainte-Maxence
15 novembre 1865

avec prix

CATALOGUE

DE

TABLEAUX

des Écoles Française et Flamande

DESSINS, PASTELS, GRAVURES

CURIOSITÉS, MEUBLES ANCIENS

PORCELAINES

PROVENANT DE LA SUCCESSION DE

M. LE MARQUIS DE VILLETTE

QUI SERONT VENDUS

Les Mercredi 15 & Jeudi 16 Novembre 1865

A DIX HEURES DU MATIN

AU CHATEAU DE VILLETTE

PRÈS PONT-SAINTE-MAXENCE (OISE)

Par le ministère de **Me WARIN**, Notaire à Sacy-le-Grand,
Assisté de **M. Ferdinand LANEUVILLE**, Expert,
rue Neuve-des-Mathurins, 73.

On peut, dès à présent, visiter le Château et les Objets qui seront vendus.

PARIS
RENOU & MAULDE
Imprimeurs de la Compagnie des Commissaires-Priseurs
RUE DE RIVOLI, 144.

1865

Prix

CATALOGUE

DE

TABLEAUX

des Écoles Française et Flamande

DESSINS, PASTELS, GRAVURES

CURIOSITÉS, MEUBLES ANCIENS

PORCELAINES

PROVENANT DE LA SUCCESSION DE

M. LE MARQUIS DE VILLETTE

QUI SERONT VENDUS

Les Mercredi 15 & Jeudi 16 Novembre 1865

A DIX HEURES DU MATIN

AU CHATEAU DE VILLETTE

PRÈS PONT-SAINTE-MAXENCE (OISE)

Par le ministère de **Me WARIN**, Notaire à Sacy-le-Grand,
Assisté de **M. Ferdinand LANEUVILLE**, Expert,
rue Neuve-des-Mathurins, 73.

On peut, dès à présent, visiter le Château et les Objets qui seront vendus.

PARIS
RENOU & MAULDE
Imprimeurs de la Compagnie des Commissaires-Priseurs
RUE DE RIVOLI, 144.

1865

LES CATALOGUES SE DISTRIBUENT A PARIS, CHEZ :

MM. **Amédée BEAU**, Notaire, rue Saint-Fiacre, 20 ;
DUFOUR, Notaire, place de la Bourse, 15 ;
F. LANEUVILLE, Expert en Tableaux, rue Neuve-des-Mathurins, 73 ;
J.-F. DELION, Libraire, quai des Grands-Augustins, 47 ;
WARIN, Notaire, à Sacy-le-Grand ;
MAISMÉ, Régisseur, au Château.

CONDITIONS DE LA VENTE

Elle sera faite au comptant.

Les Acquéreurs paieront, en sus des adjudications, DIX CENTIMES PAR FRANC, applicables aux frais.

TABLEAUX

PAR & D'APRÈS LES DIFFÉRENTS MAITRES CI-DESSOUS DÉSIGNÉS

SALLE DE BILLARD

VAN DYCK

1 — Portrait d'un grand Pensionnaire de Hollande. 535 —

Vêtu de noir, tenant son fils par la main.

DU MÊME

2 — Portrait de sa femme.

Elle est représentée debout, vêtue d'une robe de satin blanc ornée de rubans roses et d'un pardessus noir. Un collier de perles orne son cou. Elle tient un éventail. 300 —

PANINI

3 — Paysage avec monument en ruines.

DU MÊME

4 — Pendant du précédent.

GASPRE POUSSIN

5 — Paysage historique.

DU MÊME

6 — Pendant du précédent.

LENAIN

7 — Plusieurs personnages assis autour d'une table.

ROMANY (Mme de)

8 — Portrait du dernier prince de Condé.

MONTPEZAT (le comte de)

9 — Les Chevaux du marquis de V***.

Cinq tableaux.

ÉCOLE FRANÇAISE

10 — Portrait d'Achille de Harlay.

Représenté en grand costume, cheveux courts et longue barbe.

DE LA MÊME

11 — Portrait de Mme Deshoulières.

Robe jaune, manteau bleu, la main sur la poitrine.

DE LA MÊME

12 — Portrait de Descartes. (Ovale.)

ÉCOLE FRANÇAISE

13 — Portrait de Ravenne jeune.

DE LA MÊME

14 — Portrait de Louis XIV. Buste.

DE LA MÊME

15 — Portrait d'une jeune femme sous les attributs de Diane.

16 — Cinq médaillons en plâtre doré, représentant :
Henri IV ;
Louis XIII ;
Louis XIV ;
Marie Leczinska ;
Louis XV ;
Le Dauphin ;
Le duc de Bourgogne ;
Le duc de Berry ;
Le prince de Condé.

SALON

CASANOVA

17 — Halte de cavaliers près d'une fontaine.

DU MÊME

18 — Un Trompette sonnant le départ.

LANTARA

19 — Paysage avec figures.

DU MÊME

20 — Pendant du précédent.

NATTIER

21 — La duchesse de Châteauroux sous les attributs de Vénus.

DU MÊME

22 — La comtesse du Barry en Diane.

SANTERRE

23 — La princesse de Condé.

En costume espagnol et tenant une guitare.

MIGNARD

24 — Le prince de Condé enfant, tenant une lance.

Il est coiffé d'une toque de velours rouge ornée de pierreries.

DU MÊME

25 — La princesse de Condé jeune.

ROMANY (Mme de)

26 — Portrait d'homme tenant un fouet.

ÉCOLE FRANÇAISE

27 — Le comte de Charolais. 200

Il porte une cuirasse et le cordon bleu.

DE LA MÊME

28 — Portrait de Mme C***, en riche costume de cour. 335

DE LA MÊME

29 — Portrait de Mlle de L*** en vestale. 400

DE LA MÊME

30 — Portrait du marquis de V***. 300

31 — Lithographie : Le comte de Chambord. 6 50
Id. Mme la duchesse de Parme.

---

32 — Un Télescope.

33 — Deux Flambeaux anciens en cuivre doré. 130

34 — Un Canapé, deux Bergères et six Fauteuils en tapisserie des Gobelins, bois sculpté et doré. 7620

35 — Un Fauteuil dit Voltaire, en cuir, avec pupitre et tabouret. 160

36 — Deux Bras en bronze doré. 1001

37 — Deux Cornets acoustiques, un porte-voix.

38 — Deux Vases en porcelaine. 92

39 — Un Guéridon.

40 — Une Coupe avec griffons. 29

41 — Un Tabouret prie-Dieu. 80

2 bras dorés 500

CHAMBRE A COUCHER DE Mme DE V...

MIGNARD

42 — Mme de Montespan.

Représentée dans un paysage, des Amours lui apportent des fleurs.

B... (Mme la duchesse de)

43 — Vue de Brunsée. (Aquarelle.)

---

44 — Fauteuil en tapisserie.

GALERIE ROYALE

GOVERT FLINCK

45 — Portrait de femme.

En riche costume orné de pierreries, coiffée avec des plumes.
Ce beau portrait est digne de Rembrandt.

NATTIER (Signé)

46 — Jeune femme tressant une couronne de fleurs.

DU MÊME

47 — Jeune femme assise près d'une source.

NATTIER

48 — Portrait du marquis de V*illette* . . . . . *400 —*

NATTIER (Attribué à)

49 — Portrait de la marquise de V*illette* . . . . . *1095 —*

BOILLY

50 — Portrait de Mlle de V***. *Villette* . . . . . *166 —*

LATOUR

51 — Portrait de Mme du P***. (Pastel.) *du Prie* . . . . . *200 —*

DU MÊME

52 — Portrait de Mme de R***. (Pastel.) *Roissy* . . . . . *210 —*

LOUTHERBOURG

53 — Pâtre et son troupeau. (Lavis.) . . . . . *40 —*

GRAMMONT (H. DE)

54 — Vache à la prairie. (Aquarelle.)

GALARD

55 — Portrait de M. le comte de Chambord enfants (Dessin.) *avec le n° 65* — *128 —*

2 Consoles dorées . . . . . *580 —*

LAFITTE

56 — Portrait du marquis de V***. (Dessin.)

DU MÊME

57 — Portrait de la marquise de V***. (Dessin.)

C***

58 — Paysage. (Estompe.)

INCONNUS

59 — Trois Dessins au lavis.

60 — Paysage et Cascade. (Pastel.)

61 — Portrait d'une dame de la famille de V***, en costume noir. (Pastel.)

62 — Portrait du marquis de V***. (Pastel.)

63 — Portrait de M. le comte de Chambord. (Dessin.)

64 — Projet d'un cadre offert à M. le comte de Chambord.

65 — M. le comte de Chambord à cheval. (Dessin.)

66 — M. le comte de Chambord en pied. (Dessin.)

GALERIE

67 — Un Buste en marbre blanc.

68 — Un Garde-Cendre, Pelle et Pincette, aux armes de V***.

69 — Deux petits Médaillons, deux Chiens, quatre Flambeaux.

70 — Deux Socles fermant à clef.

71 — Quatre vases de Chine, garnitures en cuivre doré.

72 — Trois Vases, dont deux en marbre blanc et un en Saxe.

73 — Un Écritoire en lave.

74 — Une Table pliante fermant à clef.

75 — Un Coffre en bois de citronnier, contenant le masque de Mme de V***.

76 — Une Colonne en bois de chêne, avec la statue en marbre de Néron.

77 — Un petit Buste de Voltaire en marbre.

78 — Une Statue équestre en bronze de M. le comte de Chambord.

79 — Un petit Lit de repos.

80 — Un petit Lustre carré.

BIBLIOTHÈQUE

VAN DER MEER

81 — Vue d'une ville.

Un grand nombre de figures animent ce tableau.

DU MÊME

82 — Pendant du précédent.

LARGILLIÈRE

83 — Portrait de Voltaire à trente-cinq ans.

Habit bleu, chapeau sous le bras, sa main gauche passée dans le gilet.

Voltaire avait donné ce beau portrait à Mlle de Livry; plus tard, il témoigna le désir de l'offrir à Mme de Villette; Mlle de Livry, devenue Mme de Gouvernet, y consentit; Voltaire le prit et l'apporta lui-même à Mme de Villette. Depuis ce moment, il est resté dans la famille.

Voir dans les Œuvres de Voltaire, une note à la suite de l'épître intitulé : *Les Vous et les Tu.*

ÉCOLE FRANÇAISE

84 — Portrait de Mlle de Blois.

Vêtue d'une robe rouge brodée d'or, et coiffée d'une toque ornée de plumes.

DE LA MÊME

85 — Portrait de Mlle de Sarrazin.

En robe de chambre et tenant un livre.

DE LA MÊME

86 — Portrait de Mme Denis, nièce de Voltaire.

DE LA MÊME

87 — Portrait de Mme la marquise du Châtelet.

Vêtue d'une robe bleue à fleurs.

DE LA MÊME

88 — Portrait d'une femme de qualité.

ÉCOLE FRANÇAISE

188

89 — Portrait d'une Dame de qualité. 100

90 — Quatre Dessins et plusieurs Gravures anglaises.

---

91 — Quatre Bergères, quatre Fauteuils, quatre Tabourets, un Canapé. 1450

92 — Un Écran aux armes de Villette. 205

93 — Un petit Lustre. 308

94 — Une paire de Chenets dorés. 241

95 — Un Buste en plâtre, socle en marbre. 55

96 — Deux Vases bleus avec candélabres. 551

97 — Une Pendule en marqueterie avec son support. 35

98 — Un Baromètre.

99 — Un petit Bureau en marqueterie. 64

100 — Un Groupe en porcelaine. 150

101 — Une Statue équestre. C F de Chambord 400

102 — Un Buste en marbre blanc, pied en bois peint. 525

103 — Divers vêtements et la couronne de Voltaire. 1750

104 — Le Fauteuil de Voltaire. 2000

105 — Un Vase en porcelaine donné par un roi de Prusse. 355

106 — Une grande Console dorée. 650

107 — Service en chine, montée en bronze doré. 500 130 180

108 — Un Vase avec son pied en chêne sculpté. 130

109 — Un Groupe en plâtre dans un cadre doré.

2 Chiens (vieux Japon) 96

2 Candélabres (vieux Chine) 605

Savoir
450 Gilet en satin
900 Robe de chambre
400 la Couronne
1750 [illegible]

110 — Un Encrier en porcelaine de Chine.

111 — Une Statuette de femme couchée.

112 — Un petit Bacchus.

113 — Une Vénus en plâtre.

114 — Dessins, Gravures, Albums, en plusieurs lots.

114 bis — Eventail en vernis Martin donné par Voltaire à Mme de V***; d'un côté, des sujets mythologiques, et de l'autre, des sujets chinois.

CABINET DE TRAVAIL

MIGNARD

115 — Mme de Sévigné tenant un petit chien.

DU MÊME

116 — Mlle de Montpensier en grand costume de cour.

DU MÊME

117 — Ninon de Lenclos en Vestale.

JANET, dit CLOUET

118 — Henri II.

Vêtu d'un riche costume orné de pierreries, la tête couverte d'une toque à plume.

MIGNARD

119 — Louis XIV.

Représenté debout. Un nègre lui présente son casque.

POUSSIN

120 — Jeux d'enfants.

BREUGHEL

121 — Bûcheron dans une forêt.

TÉNIERS père

122 — Pâtre et son Troupeau.

OSTADE

123 — Paysan arrêté devant une chaumière.

NETSCHER

124 — Portrait de F. de V.

Il est debout devant une table chargée de livres.

TITIEN

125 — Concert champêtre.

CARRACHE

126 — Diane découvrant la grossesse de Calisto.

PESARO (S. DE)

127 — Sainte Famille.

HERSENT

128 — Mme de V.

ÉCOLE FRANÇAISE

129 — Portrait de Voltaire.

DE LA MÊME

130 — Portrait de J.-J. Rousseau.

DE LA MÊME

131 — Un Maréchal commandant une bataille.

DE LA MÊME

132 — Tête d'étude de vieillard.

ÉCOLE FLAMANDE

133 — Portrait d'un prince d'Orange.

Nu tête. Un grand col couvre son pourpoint.

DE LA MÊME

134 — Portrait de la princesse, sa femme.

Elle est assise et tient un citron. Riche costume garni de guipure.

ÉCOLE ITALIENNE

135 — Jeune paysan tenant un bâton.

---

186 — Une Pendule cuivre doré, surmontée du buste de Voltaire. 281

137 — Une Mappemonde.

138 — Un Pupitre fermant à clef.

139 — Une Flûte.

140 — Une Table en chêne ayant appartenu à Racine. 104

141 — Un Voltaire, biscuit. 50

142 — Deux groupes en plâtre.

GALERIE AU PREMIER

ROBERT (H.)

143 — Quatre panneaux représentant des paysages avec cascades, ornées de figures. 5300

Cet article sera divisé.

BOUCHER

144 — Vénus, Nymphes et Amours. 250

DU MÊME

145 — Amours, Musiciens. 280

ÉCOLE FRANÇAISE

146 — Adonis partant pour la chasse, Vénus cherche à le retenir.

ÉCOLE ITALIENNE

147 — Un Amour tenant des fleurs.

CHAMBRE DU PRINCE DE CONDÉ

ROBERT (H.)

148 — Paysage. Site d'Italie.

CHAMBRE DE LA CHAPELLE

INCONNU

149 — Pic de la Mirandole.

VAN LOO

150 — Une Vestale.

MIGNARD

151 — Portrait de femme, corsage rouge.

MIGNARD

152 — Portrait de femme coiffée de cheveux blonds; un manteau rouge est jeté sur ses épaules.

TOQUÉ

153 — Louis XV portant cuirasse.

LELY

154 — Portrait de F. de V. portant cuirasse.

VÉRONÈSE

155 — Jeune femme debout, tenant un livre; près d'elle, un chien.

ÉCOLE FRANÇAISE

156 — Femme endormie.

DE LA MÊME

157 — Femme, un voile bleu sur la tête.

DE LA MÊME

158 — Portrait du duc de Vendôme.

DE LA MÊME

159 — Portrait d'un guerrier tenant le bâton de commandement.

ÉCOLE FRANÇAISE

160 — Portrait du marquis de V., avec cuirasse, manteau bleu et décoré de la croix de Saint-Louis.

DE LA MÊME

161 — Portrait de F. de V.

Perruque blonde bouclée, manteau rouge.

DE LA MÊME

162 — Portrait de Mme de Gallais, tenant des fleurs

DE LA MÊME

163 — Portrait de Mme de V.

Debout, vêtue d'une robe jaune. Elle tient un éventail.

DE LA MÊME

164 — Portrait de M. P. de V.

Couvert d'une cuirasse et la main appuyée sur son casque.

DE LA MÊME

165 — Portrait de Mme G. de O. (1678).

Robe rouge corsage décolleté.

DE LA MÊME

166 — Portrait du comte de V., cuirassé, écharpe blanche.

ÉCOLE FRANÇAISE

167 — **Portrait d'une dame de la cour.**

Cheveux poudrés ornés de fleurs, robe bleu brodée d'or.

DE LA MÊME

168 — **Portrait de Buonacorse.**

Debout, le chapeau sous le bras, la main droite passée dans le gilet.

---

169 — **Un Lustre, chambre de la chapelle.**

CHAPELLE

SASSO-FERRATO

170 — **Tête de vierge, les mains jointes.**

VAN DYCK

171 — **La Sainte Vierge, l'Enfant Jésus et saint Jean.**

GUIDE

172 — **Sainte Madeleine.**

VOUET (S.)

172 — **Repos de la Sainte Famille.**

ÉCOLE FRANÇAISE

174 — Saint François de Sales.

DE LA MÊME

175 — Portrait de M. de V., évêque.

DE LA MÊME

176 — Saint Clément, évêque.

DE LA MÊME

177 — Portrait d'un abbé tenant un livre.

DE LA MÊME

178 — Portrait de M. de V., décoré de la croix de Saint-Louis.

DE LA MÊME

179 — Louis XIV enfant priant.

ÉCOLE ITALIENNE

180 — La Vierge aux anges.

DE LA MÊME

181 — L'Annonciation.

DANS L'ESCALIER

DAVEAU (J.)

182 — Portrait de M. Aubert, écuyer du marquis de V... 27 =

ÉCOLE FRANÇAISE

183 — Tête de Turc. 16 =

DE LA MÊME

184 — Portrait d'une Dame en élégant costume. 25 =

---

185 — Un Service en porcelaine doré.

186 - Un Service bleu.

187 — Le Service de Mme de V...

188 — Assiettes en porcelaine représentant des vues de Liancourt. 130 =

189 — Une Boîte de pistolets. 30 =

190 — Une Servante en merisier, pied en X.

191 — Un Buste en marbre de F. de D...

192 — Un Nécessaire de toilette en argent.

193 — Sous ce numéro, seront vendus les objets omis.

Épingle avec K en brillants ... 350 =

[illegible] ... 4700 =

Renou et Maulde, imprimeurs de la Compagnie des Commissaires-Priseurs, rue de Rivoli, 144. 46112

Etude de Mᵉ WARIN, *notaire à Sacy-le-Grand, successeur de* M. GRISON.

VENTE

AU CHATEAU DE VILLETTE, PRÈS PONT-SAINTE-MAXENCE (OISE),

DU MOBILIER

Dépendant de la succession de M. le marquis de VILLETTE,

Par le ministère de Mᵉ WARIN, *notaire à Sacy-le-Grand,*

Les Lundi 13, Mardi 14, Mercredi 15, Jeudi 16, Vendredi 17, Samedi 18, Lundi 20 Novembre 1865,

ET JOURS SUIVANTS, S'IL Y A LIEU,

A 10 HEURES DU MATIN.

Les Objets à vendre comprennent :

Batterie de cuisine en cuivre rouge ;

Garnitures de foyer, flambeaux en cuivre doré ;

Vaisselle en porcelaine dorée, porcelaine de Chine et autres, pour grand et petit service ;

Un service en Chine, monté en bronze doré ;

Cinq assiettes en porcelaine dorée, représentant des vues du château de Liancourt ;

Plusieurs nécessaires de voyages ;

Un meuble de salon en tapisserie des Gobelins, composé d'un canapé, deux bergères et six fauteuils ;

Un autre meuble en bois doré, couvert en damas bleu, composé d'un canapé, quatre bergères, quatre fauteuils, quatre tabourets et un écran ;

Une grande console en bois doré à dessus de marbre ;

La Bibliothèque, comprenant plus de 2,000 volumes, lettres autographes de Voltaire et de Frédéric II, roi de Prusse, désignés au catalogue indiqué plus loin ;

Une collection de tableaux de l'École française et de l'école flamande, dessins, pastels, gravures, curiosités, meubles anciens, également désignés au catalogue indiqué plus loin ;

Divers meubles et effets d'habillement ayant appartenu à Racine et à Voltaire ;

Bijoux et Diamants ;

Une pendule en marqueterie et une autre en cuivre doré, surmontée du buste de Voltaire ;

Le linge de service et de table ;

Les voitures, telles que phaëton, calèches, tilbury, break ;

Deux voitures d'enfants ;

Dix harnais complets, dont quatre noirs, deux jaunes et quatre en cuivre argenté ;

Deux harnais de tilbury, douze selles, dont deux pour dames ;

Une grande quantité de brides, camails, caparaçons, bottes à l'écuyère, etc. ;

Vins ordinaires ;

Vins fins ;

Vins de liqueurs des meilleurs crus français et étrangers, et en bouteilles ;

Onze cygnes mâles et femelles, âgés de un, deux et trois ans ;

Une grande quantité de vieux meubles, tels que couchettes, lits de sangles, canapés, fauteuils, commodes, tables à jeux, malles, coffres, tonnes en zinc, etc. ;

Conduits en fonte, châssis, portes, lambris, balcons, auges, râteliers ;

Pressoir et ses accessoires ;

Environ 3,000 kilos de cuivre, fonte, vieux plomb, ferraille, ferrements ;

Et une infinité d'autres objets qui seront exposés au moment de la vente.

ORDRE DE LA VENTE.

Le 13 novembre, on vendra les vieux meubles, la fonte, la ferraille, le pressoir, les vieux régistres, les lambris, les portes et les châssis ;

Le 14, la batterie de cuisine et la vaisselle ;

Le 15 et le 16, les tableaux, les curiosités, les bijoux et les diamants ;

Le 17, la bibliothèque et les autographes ;

Le 18 et le 20, les meubles, le linge, la cave et les voitures.

Les catalogues pour la bibliothèque et les tableaux se distribuent :

A Paris, chez MM. AMÉDÉE BEAU, notaire, rue Saint-Fiacre, 20 ;
DUFOUR, notaire, place de la Bourse, 15 ;
J.-F. DELION, libraire, quai des Augustins, 47 ;
LA NEUVILLE, expert en tableaux, rue Neuve-des-Mathurins, 73 ;
A Sacy-le-Grand, chez Mᵉ WARIN, notaire ;
Et au château de Villette, chez M. MAISNÉ, régisseur.

La vente sera faite au comptant.

Les acquéreurs payeront 10 p. 100 en sus des enchères.

AVIS.

Le château de Villette est situé à 2 kilomètres de la station de Pont-Sainte-Maxence (chemin de fer du Nord, ligne de Saint-Quentin).

Le départ a lieu de Paris, à 7 heures 35 minutes du matin.

Clermont (Oise). — Imprimerie de Charles HUET.

www.ingramcontent.com/pod-product-compliance
Ingram Content Group UK Ltd.
Pitfield, Milton Keynes, MK11 3LW, UK
UKHW021031260726
13994UKWH00005B/2076

9 782329 435398